歌集

六調

Honda Ryoh

本多稜

六花書林

六調＊目次

Ⅰ

点々と　9

Ⅱ

名取　41

うたたび　43

スツウプナカ　53

琉美　55

Ⅲ

菜園　59

Ⅳ

酒旅 87
酒 90
酒品 92
メドックマラソン 105

V

うから 119

VI

山百首 139
あとがき 173

装幀　真田幸治

六調

I

点々と

マニラ

母国語が二つ百七十超ゆる母語あると知り味はふ煮込み《アドボ》

サン・オウガスチン教会

地震にも爆撃にも耐へし教会の狛犬・トロンプルイユ・バロック

ハノイ

現物版若冲群鶏図のカゴを乗せて市場へ自転車のゆく

バンコク

起きてフォー昼寝してフォー白米の麺の身体と化すまで休暇

ドリアンの匂ふ街角トゥクトゥクの運賃を礼を尽くして値切る

カイラスが化粧直しをしてをりぬ水上バスは暁の寺《ワットアルン》へ

シンガポール

手つ取り早く幹から直に蕾出し砲丸の木のウミウシの蕊

塔門《ゴプラム》もブッダもわれの心さへも極彩色にリトルインディア

シドニー

ネルソンの血とふ黒麦酒《ポーター》ひと息にここでは酒場《パブ》はホテルと呼ばる

誤訳こそ悲愴《パテティチェスカヤ》《オペラハウス》ほろ酔ひのシドニーに聴くチャイコフスキー

ノーザンテリトリー

地平から迸り出づる天の川に南十字が溺れさうなり

野垂れ死にさせむと放ちたるラクダ百万頭以上に今や増えたる

ソウル

秘苑《ピウォン》。葉を落としたる枝々の空を覆へる連帯を見つ

忘るべく忘るる幸のひとかけら蔵ひおかむとポッサムキムチ

瀋陽

城門の陰ふかく驢馬うなだれてピラミッドなす荷台の杏

故宮《グーゴン》の瓦を畝に咲きほこる黄の花空に触るるばかりぞ

北京

中山公園　《青蓮朶》

臨安を円明園を傷ひとつ無きままに経て座す太湖石

恭王府

ひと文字の草書をおもふ流杯亭「永」とも「寿」とも曲水の見ゆ

済南

手に掬ひ喉を湿らす　月牙　琵琶　五蓮　泉の名も味はひぬ

身世酒杯中、万事皆空。　辛棄疾「浪淘沙」

城《まち》ぢゅうの泉を巡り辿りつきたるは憂国詞人の廟宇

曲阜

上海を発ち和諧号大陸の孵化するごとき朝の大地を

孔林

ゆけどもゆけども孔子の墓は見つからず長子を連れてきて迷ひをり

無錫

寄暢園

根を持たぬ樹としてしばし山水の内と外とのあはひにあそぶ

黄酒《ファンジュウ》の噛めば滲みて口なかに踊る太湖の酔っ払ひ蝦

成都

四川なる青城山の細流《せせらぎ》にマージャン卓を囲むひとびと

夕暮れの錦里にまぎれもうわれは誰にもならず誰にもなれず

肇興

砧打つをみなの砧打つ音を両目両耳もて収めたり

牛癟《ニウビエ》の援軍を得てニンニクとバラ肉がわが胃の腑に挑む

雷山

苗《ミャオ》族の村の入り口酒礼歌のひびきて歌の正体は酒

笙の音に搦めとられつ一本の葦に姿を変へゆくわれか

イスタンブール

迷ふのにも慣れてスークに五分前のわれと鬼ごつこをしてをりぬ

テーブルに子猫が五ひきじやれあふを時をりあやしひねもすチャイを

ミュンヘン

花の森花の野もわが舌のうへバイエルン産蜂蜜酒《ミード》を比ぶ

シャコ貝に喰はれてもまだ生きてゐる心地なりアザム教会の中

ザルツブルク

山ひとつ要塞の城と化すまでの七百年を踏み締め登る

三つ目の峰にて倒るあまりにもザルツブルガーノッケルン甘くて

ロンドン

渡辺幸一氏

「世界樹」の大人に手渡す幸得たりほぼ還暦の『國際短歌』

ロンドンを雄蕊とすればパリは雌蕊行き交ふ者を蜜蜂として

パリ

うつし世の神を問ふべく立ち寄りぬCOEXIST展パリの左岸に

se《ス》 tatami《畳》ser《ゼ》　le《ル》 kamikaze《神カーズ》　海越えて根を伸ばしゆくコトバに出会ふ

ボルドー

曳き波に洗はれながら陽を浴ぶるガロンヌ川のわうごんの泥

注がれてデキャンタージュに揺るるまま空に張り出す屋根　葡萄酒博物館《シテ・デュ・ヴァン》

マドリード

貴殿《プラザ・デ・エスパーニャ》にやっと会へましたよと散歩道サンチョ・パンサの膝に手を置く

スペインのやさしき秘術食後酒《チュピート》の 喉《のんど》を過ぎて時間のゆるぶ

ポルト

本屋《リブラリア》さんポルトにレロ・イ・イルマオンりぶらりあ・れろ・い・いるまおん

熟成葡萄酒《タウニー》に酔ひ痴れファドのギターラとヴィオラの二重螺旋を登る

コインブラ

ジョアニア図書館

天井まで埋め尽くしたる革装の背表紙が一行一行の叙事詩

ユーラシア大陸の西の果ての街の図書館に金泥の鳳凰が舞ふ

リスボン

秋雨の降りては晴れて坂多き街にペソアの*heteronyms*《異名》を思ふ

リスボンの七つの丘の石畳迷ひ甲斐あり迷へば珈琲《ビッカ》

トロント

ウッドチャックのやうなるわれらPATH《地下街》をときをり出でて位置を確かむ

パンケーキ頼めばわが顔ほどもあり割りてホームレスの人と分け合ふ

ボストン

商談の成立は、シリコンバレーでは当日、ボストンでは二日目、
東京では二か月後というジョーク。

ボストンはスローイノベーションの街と言ふその場で答へ出さぬが礼儀

麦酒醸造所《ブルワリー》街に星座を描きつつわが目指すべき星鯨銛《ハープーン》

ボルティモア

大味と言ふかダイナミックといふか投資話《マネートーク》も蟹肉《クラブ》ケーキも

USSコンステレーション

奴隷貿易にも南北戦争にも行きし艦が博物館であること羨し

ニューヨーク

九重の塔の見えきて近づけば修復中のオベリスクなり

摩天楼の借景セントラルパークわが存在は視点のみなる

ワシントンD.C.

ザ・ヘイ・アダムス

帆柱と帆の現るる霧の海ワシントン記念塔《モニュメント》そしてホワイトハウス

合衆国議会図書館《エルシー》のミネルヴァに遇ふ見る者の方に足先向くるはまこと

シカゴ

アニッシュ・カプーア作

なめらかに高層ビル群貼り付けてCloud Gate《雲の門》在りシカゴのおへそ

ポエトリー・ファウンデーション

ジュン・フジタ「忘却」展を三万の詩集蔵する館に見に来つ

セントルイス

ミシシッピの岸辺にゲイトウェイアーチ獲りて売り買ひされたる領土

野球《ゲーム》見る暇得られねどスタジアムにブリトーを食ふスーツの男

サンフランシスコ

シティライツ書店

ふかくふかく海に潜りてまどろみぬ書肆の詩のみの階の窓際

39番埠頭

もう乗れぬほどに筏を埋め尽くすアシカのほとんどがオスといふ

ロサンゼルス

檸檬ならずサンタモニカのさざ波に洗はれテニスボールがひとつ

北にシリコンバレー、その北にはシリコンフォレスト。
創造的失敗という西海岸的な概念。

本社から送られ失敗許されぬ日本かなしもシリコンビーチ

オーランド

自力では歩けぬまでに重くなりたる人用スクーターのパステルカラー

クリスタルリバー

わが所在問はるるごとし浮かび来るマナティーの背にフジツボ見えて

メキシコシティ

ビブリオテカ・ヴァスコンセロス

骨のみの鯨が浮かび本棚の翼を宙に広げてゆくを

国立宮殿

《メキシコの歴史》に見入りメスチソの一人にわれを見てしまひたり

II

名取

熊野本宮社

名取にも音無川は流れをり遠く熊野と呼び合ふ桜

熊野神宮社春例祭

大山祇の命が獅子に跨がりてロデオを見せてくれたる神楽

踏み鳴らす天の浮橋開闢を水の上にて舞ひあらはせり

天竺の面影さへも唐に韓京も出雲も名取の舞に

守らるる壁にはあらず橋として海にも架けよ敷島の歌

熊野那智神社より閖上の海を見渡す

折々に思ひおこせよ廃されて復た舞はれたる名取ノ老女

うたたび

奥三河花祭

歌ぐらの消えにし村も生くる村もそれ舞へ舞へよ神八百万

太平山三吉神社梵天祭　三吉節

若衆の稲の出穂より揃ひでてジョヤサジョヤサの梵天のうた

灘の酒造り唄

言の葉も醸されしかな育ちゆく酒に合はせて唄のうたはる

六郷満山修正鬼会

火の粉火の粉スクラム組んで声揃へ法蓮称揚《ホーレンショーヨ》ソレ鬼庭《オンニワ》よ！

鷲宮催馬楽神楽

伝はりし舞を舞ふべく舞ふひとの型くきやかに詠みたきものを

金刀比羅宮　御田植祭

安名尊のあなたふとしよ代掻いて刈り取るまでをとどこほりなく

明治神宮春の大祭　皇仁庭

百人一首序歌の舞なる高麗楽の壱越調の皐月さみどり

白老ポロトコタン

熊送り踊り《イヨマンテリムセ》の人の輪ゆ声の幾つもの輪の生まれて空へ

櫛田神社祇園例大祭

山笠の祝ひめでたを唱ひをへ打つ手一本うつつに戻る

海上《うみがみ》傘踊り

雨乞ひの狂ひ踊りの唸りごゑ撒き散らさるる鈴の音を浴ぶ

八丈島

はからずも八十八重姫のショメ節の手ほどき妻と子と受けてをり

父島　南洋踊り
みんなみの海の波より取り出しし音に身体を預けて踊る

因島椋浦の法楽おどり
水軍の法楽連歌絶えにしに鉦の音高く潮風を打つ

郡上八幡　徹夜踊り
あふるるは水ならず人川なしてゆるり「かわさき」迅し「春駒」

六郷熊野神社全県かけ唄大会　仙北荷方節
どこまでも母音は伸びてうたひたきことことごとく掛け唄となる

西馬音内盆踊り

腰落とし砂をぢりりと編笠のをみな踊るを甚句が囃す

風の盆

見送りのおわらなほ冴ゆ町流し朝を迎へて始発のホーム

安田のシヌグ

山登り《ヤマヌブイ》の務めを果たし真神酒嘗むウシンデークの夜にまぎれつつ

ショチョガマ

右《ヨラ》、左《メラ》。声を合はせて踏み揺らし日の出とともに櫓を倒す

平瀬マンカイ

常世国《ネリヤ》から歌の綱もて引き寄する稲霊《ニイヤダマ》なり豊年よ来よ

奄美八月踊り

唄踊り太鼓《チヂン》三線指笛《ハト》囃子渦巻いてわれも手足を取らる

山北のお峯入り

「歌の山」にもう歌あらず張りぼての男根背負ひおかめ参れど

毛越寺延年の舞　唐拍子

上の句と下の句二人分けて舞ひ五台山への道をみちびく

高千穂天岩戸神楽　七貴人

裁着に赤熊《しやぐま》に面のわれ舞へど眼の穴小さく遠のく太鼓

西米良　横野神楽

白刃抜き舞ふ男らに投げらるるきわどき恋のセリ歌やんや

下京区

おぼつかなゐひのまはればしゆらしゆしゆしゆしらぬりのかほよませてくれぬ

三毛門神楽

豊前弁コントに心ほぐされて藁の大蛇の討たるるところ

春日若宮おん祭り
噢噢と警蹕《みさき》のこゑの十重はたへ闇を御霊に従きてゆくのみ

*

バクニン省リム村
歌垣《クアンホ》の進化だらうかカラオケの大音量のマイクがふたつ

ハノイ
歌籌《カーチュー》を聴きに戻りぬ一千年消えざりし消せざりし歌ごゑ

侗族大歌

鼓楼凌ぎ雲の上なる棚田へと声幾重にもかさね積みゆく

苗族飛歌

投ぐる箭の遠ざかるこゑ森越えて嶺々越えて届け 飛歌《フェイグァー》

アナング族

歌の道《ソングライン》張り巡らされ森をなす眼には赤土しか映らねど

ハーレム

地の割れて湖現れむ足元を揺さぶりやまぬゴスペルの声

メトロポリタン歌劇場《蝶々夫人》演出アンソニー・ミンゲラ

人形をマンハッタンに拵へてお蝶さんの児は黒衣が舞はす

オペラ・バスティーユ《吟遊詩人》演出アレックス・オレ

時代替ふるくらゐでは死なぬ塹壕に潜みて歌ふ吟遊詩人《トロヴァトーレ》も

スツウプナカ

イム《海》ピィトゥ《人》の大漁祈願《イシュニガイ》の座の末席に連なり酒と清めの塩を

壬辰　カムガウェー

アカツキィヌニガイ《暁の願ひ》の神歌《ニリ》をうたひ終へユノーレ《豊年よ》ガユノーレ《豊年よ》ガ神酒《ミス》回しつつ

癸巳　ピィトゥガウェー

ツヌジャラ《角皿》を両手にゆらりゆらり舞ふ囃してこそ《ピャシバドゥーウ》豊年にならむよ《ユヤナーウーリ》

ム゜ーミス《芋酒》の酒杯《ユナウス》かかげ飲み干しぬ豊年よ《ユノーレガ》粟よ《ヒー》八重《ヤッカ》八重《ヤッカ》八重《ヤッカ》

太鼓すら《甲午》無き祭祀《キィダリ゜》なりつる草頭《ホーイフシャ》に巻きて道行きの歌

節まつり《スツウプナカ》多良間若夏みづみづと歌の宇宙を産み落としたり

［参考］『多良間村史第４巻　資料編３』

琉美

先《さち》見りば 港《みなとぅ》 後《あとぅ》見りば御風《みかじ》 此《く》り程《ふどぅ》ぬ御風 今度初《くんどぅはじ》み

黒石森城節《くるしむいぐしく》

海原を西へ西へと滑りつつ球美《くみ》の港に迎へられたり

飛《とぅ》び立ちゅる蝶《はびる》 先《ま》じゅ待てぃ連《ち》りら 花ぬむとぅ我身《わみ》や 知らぬあむぬ

中城《なかぐしく》はんた前《めー》節

もどかしさとふ鮮しさ鶯のまだ鳴きなれぬ三月初め

幾年《いくとぅし》ゆ経《ふぃ》てぃん 濁《にぐ》り無《ね》ぬむぬや 白瀬走川《しらしはいかわ》ぬ 水《みじ》ぬ鏡

白瀬走川節

微風だに漏らさぬ森の古城《ぐすく》川面に松の緑映して

何時《いち》ん此《く》ぬ浦や　泊《とぅま》いでぃどぅ言ゆしが　止《とぅ》みてぃ止《とぅ》みららぬ　恋《くい》ぬ小舟《くぶに》

赤花にしばし宿れる雨だれの後は消えゆくばかりと知れど

漢那親雲上《ペーチン》庸森

阿嘉ぬ鬢水《ふぃじみじ》や　上《あぎ》んかいどぅ吹ちゅる　かまど小《ぐゎ》が肝《ちむ》や　上《ぬぶ》い下《くだ》い

君にしか見えぬ光をやみくもに追へども路に墜ちたる揚羽

阿嘉から節

出《ん》じ立ちゅる袖《すでぃ》に　かりゆしや包《つぃつぃ》でぃ　旅ぬ行ち戻《むどぅ》い　誇《ふく》てぃいもり

遥かなる沖にぽつんと島が浮き海と空とのあはひの釦

護得久朝置

［参考］　久米島の歌碑

『琉歌大成』

Ⅲ

菜園

立春

寒締めの塌菜《タアサイ》凜々し緑濃く大輪は畝を埋め尽くしたり

星々の卵花蕾の泡立ちてブロッコリーの茎に刃を入る

カマクラを壊して作る滑り台ドカ雪降れば子らを遊ばす

雨水

掘り進み天地返しはあかあかと関東ローム層の現はるるまで

言の葉はあれど未だに文字のなきしづけさに春鍬を待つ土

春先の儀式種芋縦に切り草木の灰をまぶして埋めつ

啓蟄

鍬打てば微笑むごとしくろき土跳ねつつ春の空気を吸ひぬ

一穴に三粒ひとつは生えずとも二つ競はせれば多く生る

地から出て空に掲ぐるプロペラのトマトの最初の二つの葉つぱ

春分

手の指を広げて幅を測りつつ苗の今年の領地を定む

春の芯確かめたくて採りたての野蒜の玉を奥歯に砕く

野菜たちにご飯をたんと食べさせん備中鍬にずしりと堆肥

清明

暖かくなりてトックリ着せるごとジャガイモの株に土を寄せたり

舌にじーん身にじんわりと染み行くはにんにくの芽の青き体臭

ほほけたる白菜小さき黄の花を天に高々と打ち上げにけり

穀雨

「育てる」は他動詞なれど日に向かひひたに伸びゆく力よ力

地中から新芽《ソラチエース》ミサイル連射してホップ足場を組み始めたり

のらばう《野良坊》菜の薹《たう》を指もてぽきぽきと春の日差しの拍子取りつつ

立夏

芋茎を畝に《黄金千貫》植ゑ終へ振り向けばおお帆船の隊列の見ゆ

シャキシャキにしてクセの無きあかるさの陸羊栖菜《をかひじき》にも処世を学ぶ

家潰すには忍びなく蝸牛茎から葉から剥がして放る

小満

土慣らし終へて見つけし優曇華の並びとレーキの爪の間隔

甲州

星団の生成過程目にしをり葡萄の花穂の群がりて湧く

あれもこれもの愛の平等難しく間引きの次は芽欠きに励む

芒種

紫のひかりを産めよ水無月は茄子の根元に藁を敷きやる

折られても刈られてもまた伸びて来る自然薯おまへ自覚はあるか

アスパラに夏は来たりてキジカクシの名のそのままの姿に茂る

夏至

枕にもなるほどの実のズッキーニ一つ採らせし後は痩せたり

子孫断つ決意かトマト種遅く蒔きしは花をつけず勢ふ

ふさふさの小さき尻尾を愛でて切るスイカの蔓を摘芯したり

小暑

オオウナギに化けて葉陰に垂れてをり採り忘れたるキュウリの重さ

テノールの若僧よりも熟練のバスを　西瓜がもうすぐ熟れる

朝採りを増やして株を傷めずに胡瓜の流星雨を長引かす

大暑

踏まれても起き上がらずに踏まれねば心置きなく蔓延る日芝

ヒデリグサといふ方言かすめども今年も跋扈せる滑莧《すべりひゆ》

「もぐ」の「も」は濁音であるべしと思ふ玉蜀黍を苞ごと捥ぎぬ

立秋

苗たちの個性を活かしつつ同じ大きさに実を稔らせたきが

剝き出しのやはき背《そびら》を覆ひゆく羽とともひて蟷螂成れり

根を切りて枝葉も詰めて秋茄子へ生まれ変はりの術を施す

処暑

お浸しにしたるはアカザ、ヤブガラシ野武士の滋味を今日の肴に

雑草といふは蔑称それぞれに名あり味あり使ひ道あり

日照り続いて精霊バッタ鳴く音に畑もわれも発火しさうで

白露

ほの白きうなじまばゆし髷を結ふごとくに芋の蔓返しせり

大量殺戮兵器としての親指の腹で夜盗の卵塊潰す

憎らしきハキリムシなかなか見つからずそしてハサミムシが誤認さる

秋分

黄に変はり爆発したるゴーヤから種真っ赤っ赤ほのかに甘し

桶に粒潰せば泡の生まれつつさあ醸さむよ葡萄の輪廻

折りやすく葉先鋭き青二才空芯菜は憎めぬ奴ぞ

寒露

三〇〇〇グラムを超ゆる三つ子のまるまると金時芋を抱つこしてをり

若き芽をことごとく摘み取られたるミョウガよそれも薬味のために

冬瓜がゆつたり屋根に横たはり涅槃仏を決め込んでをる

霜降

白昼に黄金の銀河煌々たり早よ落ち来よと銀杏を仰ぐ

中手豊×ジェンキンス

茹で時間も規格外なる極大粒実落花生《オオマサリ》　移民を増やさざるを得ぬのか

蚯蚓との友情おもふ二年物となれば堆肥は馥郁として

立冬

里芋を掘り起こす快ハッフユノオオフグリとふ名は持たねども

自然薯のちから有り余りて空に瘤を生みたり零余子と呼ばる

むらさきの式部草はた金時草名は兎も角も手折り香りを

小雪

堆肥作りの準備

今は昔の天神山の砦からごつそり落ち葉もらつてきたり

食べ放題にしてやるパセリ霜月の蛹化まぢかの黄揚羽のため

一仕事こなして一輪車《ネコ》が子どものロッキングチェアになりてをるなり

大雪

怒髪天を衝くごとく葉を繁らせて青々と首を伸ばす大根

スッとグッ、スッグッ鍬の心技体スッと入れそれグッと引き抜く

振り下ろす鉞に生木香り立ちたちまち秋の空気濡れたり

冬至

前菜で終はつてしまふ一生かな菜物は土を深く求めず

野菜たちも排泄はして黒点病黒ぐされ病大根汚る

極月の眠りの深さ見計らひソラチエースの株を移せり

小寒

冬のみづ砥石に吸はせくろがねの錆を落とせり労はりながら

さみどりに燃ゆるほむらの塊のしづけき球のキャベツを手にす

改良に改良かさね美味しくはなれど弱々しくもなりたり

大寒

核家族向けの晩生《おくて》の品種とふ結球どれも小さき白菜

苦土石灰撒きて忌地《いやち》を治しゆく土の筋肉ほぐしてやらむ

焼き物は火次第野菜は土次第かたち生み出す形なきもの

IV

酒旅

久米島
いちめんに蔵付き麴くろぐろとダークマターのひかりを秘めて

奄美
ボリビアに移り住みたる島人の黒糖も使ひ仕込む焼酎

三養基
新酒美しわがはらわたに白鷹の巌を摑む金の趾

出雲
カラストンビと無濾過生原酒《ムロナマゲン》の闘ひの神話を舌の上に遊ばす

四万十
しみじみと潤香を喉に落としけりこの　一夏を切り離すべく

櫛羅
逞しくコップに満ちて小女子を乗せても浮かぶどぶろくの雲

裏なんば
友と来て友の友来てその友も見知らぬ友も共に立ち飲み

白州

天空に梯子をかけて一段づつ昇る一口づつ酒が減る

銀座

酒なのか水なのかはた空気なのかわからぬまでに磨かれし酒

秋田

太平山鳥海山と呑み進み燻りがつこに鰤魚卵《ぶりこ》に鱈白子《だだみ》

余市

飲み放題のジュースもて子と妻誘ひモルト原酒を選ぶわれはも

酒

かなしみに当つる漢字のそれぞれに香りゆたけく酒は澄みたり

過ぎゆきも未来も今に手繰り寄せ見するが酒の技とこそ知れ

禍の泉あるいは狂ひ水憎むに値するほど惚れて

傾けてまた傾くる徳利にわれはいつしか操られゐる

飲むほどに心の衣脱がされてはだかの性を愛づるほかなし

盈ち欠けの悠長なるがお月さまわが盃はたちまちに満つ

酒品《さけごころ》

司空図『二十四詩品』の私的琉歌風和訳を詞書として

一　雄渾《とほしろ》

充ちたるや否や　問ふに意義あらず　大空に雲は　風とあそぶ

雲海へ水平線の白雲へわれを連れ行く酒の力よ

二　冲淡《おだやか》

胸の奥ふかく　しろき鶴一羽　とびゆける羽の　音を聴かむ
おのづから然るべきものしづやかに語りかくるを酒に恃みつ

三　纖穠《しとやか》

匂ひたつ春や　谷に咲き誇る　桃にかこまれて　美人ひとり
居ながらに柳の陰の道尋ね囀り聴くを助くるも酒

四　沈著《おちつき》

森の荒ら屋に　心しづむれば　渚ひろごりて　月の光

大いなる河の流れがまなうらに見ゆるまで身を酒に沈めて

五　高古《いにしへ》

ゆるり上りくる　山の端の月は　いにしへの時を　映す鏡

かの国へ蓮華に乗りて昇りける貴人の道を照らす酒はも

六　典雅《たかみ》

琴は捨ておきて　滝の上見れば　空に戯るる　鳥の番ひ

青竹の青を深むる五月雨よ空ゆく雲の白さよ酒よ

七　洗煉《みがき》

谿をころがりて　川を泳ぎゆけ　流れ磨かれて　月のまるさ

月読みの精のみ残るまで米を磨き醸さば身ぬち照らさむ

八　勁健《すこやか》

ゆく雲の速さ　虹のたしかさを　内に取り込みて　肉としたる
虹建つる空の力を思ふべし見えずかたちもあらぬ筋肉

九　綺麗《うつくし》

欲あらば終はり　欲無くば続く　知りて色の無き　心ゆたか
うま酒が舌に知らすは葉の陰に消えゆく露の光のひびき

十　自然《おのがじし》

ひらきたき時に　開くものなれば　ひたに目守るべし　花も心

つれづれの日々に心を従はせ季節の花と酒とに出逢ふ

十一　含蓄《ふくみ》

大空の塵に　大海の泡に　満ち満ちて宇宙　ひとつひとつ

一滴のしづくに深き森ありて奥へ奥へと導く酒よ

十二　豪放《おほらか》

息を吸ひ吐きて　花のひらきゆく　天涯にうねる　波の響き
荒れ狂ふ嵐の海の浪の刃を薔薇《さうび》も酒も密かに秘めて

十三　精神《たましひ》

太陽と遊ぶ　さざ波は錦　川床はなほも　透けて見ゆる
受け入るる他に術なし言の葉の向かうに酒は常にあるべし

十四　縝密《こまやか》

見えぬものばかり　知らぬことばかり　知られずに開く　花もありぬ

かそかなる風を感じて咲く花の酒の中なる季節の蜜よ

十五　疎野《あらさ》

みづうみの澄めば　魚太らざる　時の熟れたるを　待ちて歌へ

磨かざるゆゑの濁りのふくよかさ在るもの在るがままにあぢはふ

十六　清奇《きよら》

そよ風は松に　せせらぎは川に　空に抱かれて　小舟ゆけり

山の上に雪消残りてせせらぎは松を愛でたり酒盃の内に

十七　委曲《つばら》

曲がりまた曲がり　あまたなる緑　ゆるり愛でながら　山をゆかな

ひもすがら小径を花と鳥たちとゆけどもこれも盃の中

十八　実境《ぢか》

春の水はだか　はるかぜも裸　まとふものなにも　無きもよろし

あさあけの渚の波を聞くやうに森の声聴く酒といふ耳

十九　悲概《かなしみ》

嵐うけとむる　大木の幹の　なにをおもふらん　折るる時に

高波を煽りし雷雨忘れられあつけらかんとひかりはそそぐ

二十　形容《うつし》

雲は形変へ　行方知られざる　われがわれなるは　心のみよ
あしひきの山と水面に映りたる山とが見つめ合ふやうな酒

二十一　超詣《まさり》

雲を引き連れて　風の帰りゆく　聳え立つ木々の　苔にひかり
山抱くは雲か或いは雲が山抱くのかわれか酒か飲むのは

二十二　飄逸《かろみ》

果ての無き海の　向かう側見んと　真直ぐ進みゆく　風と星と

峰越ゆる鶴の上飛ぶ鶴のゐて喉に酒の羽搏き覚ゆ

二十三　曠達《ひろさ》

酒樽をもちて　かすみ立つ山へ　酒の尽きたれば　歌ひ歩け

おほぞらへ酒は心を放ちやり真白き雲と共に行かしむ

二十四　流動《ながれ》

浮けば動かさる　自らの軸を　見いだして宙の　軸に縛れ

宇宙軸なるもの我に見えざれば河の小石として酒を飲む

メドックマラソン

前線の雨雲の尾が逃げてゆく今日ボルドーを初めて走る

一秒がなんだか長い両脚が身体を置いて駆け出しさうで

生バンドのライブの最中紙吹雪思へばこれがスタートだつた

バグパイプ吹きながらゆくランナーの厳かなれど抜かせてもらふ

クロワッサンとカヌレ手に取り走り喰ひこのマラソンは朝食付きで

第33回目となる今回の仮装テーマは33回転盤のレコード音楽

仮装して走る慣はし海賊もモーツアルトも飛脚のわれも

ウィーンの人らに曳かれ張りぼてのピアノも42㎞を走る

風ふはり小雨のシャワー額に触れメドックの地の道に慣れゆく

ボルドーに上陸したるヴァイキングの船が帆をあげ葡萄の丘を

ポイヤック身ぬちに沁みてほつほつとムラサキの花その花畑

左足を地に着けて大きく右足を振り上げながら虹が四股踏む

もう走れぬ病の友を荷車に同じ道を同じ仲間たち行く

葡萄畑の隅に九月の薔薇咲きて道を稔りを空を照らせり

雨雲の真下うつろふカーテンを眺めつつ陽に濡れつつ走る

チュチュ着けて走るをみなは居らねども男は割とゐると知りたり

Château Beychevelle

ベイシュヴェル帆を下げよ《ベッス・ヴォワル》が語源とかならば飲み飽くるまで休まむ

立ち並ぶ醸造タンク見上げつつテリーヌ食めばゴールを忘る

ぬかるみを避けつつ端に列なせど泥をバシャバシャ真中ゆく奴

無精ひげのをぢさんチーム口紅を引きて胸には風船二つ

ほろ酔ひの巡礼者気取り聖人の名の葡萄酒の多きボルドー

蹲り樽から直に酒を受くこれもレースの給ワインなり

雨上がり日差しを受くるてのひらの見渡す限り葡萄の葉つぱ

ラフィット《Château Lafite Rothschild》のがぶ飲みなども許されてもうどうにでもなれよが本音

winにeつければwineけふここに飲むか走るかの選択肢無し

メドックの銘醸が身に沁みわたり五臓六腑が内燃機関

紫のヴェール靡かせ傍らを駆け抜けてゆくベリーダンサー

30㎞は走つたらうか道端のジャズバンドからリズムをもらふ

二杯三杯杯重ね根の生えし足引つこ抜きサンテステフへ

ボルドーの秋の鏡を大跨ぎ水溜りある道の真ん中

たをやかにうねる海原どこまでもワイン畑と呼んでも良いか

世界中から集まつてきて共に走る走らせてくるる人々のゐて

京劇の若武者の背の旗を追ふ大陸の西の端まで来たり

肩組んで撮つて別れつひとときを飲んで笑つてその他知らず

正面に脚伸ばしゆく虹あれば勝手に走り出す二本足

またしても呼び戻されてもう一杯シャトーの門はかくも去り難し

葡萄酒を容れて増えゆく体重のton《屯》の語源はボルドーのtonneau《樽》

マラソンのゴール近づき生牡蠣が供されフルコースが始まりぬ

あと2㎞ジロンド川の初秋の風を肺いっぱいに満たして

entrecôte《ステーキ》をつまみつつまだ走る走る肉汁直に血になるらしも

飲みながら食べながら踊りながら走る時折皆で奇声をあげて

デセールはゴール手前で手渡さるアイスを舐める時のみ歩く

完走の手続き終へてゲート出づわが前にワォ！ワインの海だ

V

うから

2012

小笠原

大きな大きな円であること甲板に空の形を子らと確かむ

クロールでおがさわら丸《おが丸》と競争するのだとサメバーガーを頬張りながら

習ひ事の送り迎へも晩御飯の支度もなくて妻の島旅

柵あれば柵の外側歩き出す七歳何度も注意はすれど

兄を呼ぶ間もなく森に逃げられて子の手に踊るヤモリの尻尾

十歳はボニンブルーの海見つつ「このごろ素直になれなくてさー」

父島の渚駆けつつわたしここ来たことあると四歳の子は

葛西臨海公園

マテ貝の穴に引きずりこまれさう小さきおゆびは逃してしまふ

初めての観覧車にて兄妹は王子王女を気取りてゐたり

ひめゆり平和記念資料館

学徒隊なりし媼に手を取られ包まれしこといつか教へむ

2013

たらちねをおーい婆《ばあ》ばと呼びつける甥姪どもがをりたる睦月

孫らしくぢいぢの膝の上に乗り月に兎がゐた頃のこと

ひと通りおさらひ終へてくまさんをピアノの椅子に寝かしつけをり

バリ島

ガムランのジャングルの奥へみちびかれワヤン・クリ《影絵芝居》の姫が攫はる

ジェゴグいよよ地鳴り地響き止めざればむすめはわれに収まりて聴く

御蔵島

少しだけ遊んでくれし海豚たち親仔イルカは親子に戻る

胆振

朝起きてイランカラㇷ゚テ夏休みイランカラㇷ゚テことばを得たり

標高三七七六米

家族綱と呼べるザイルの切れ端を摑ませ坂の果てへ牽きゆく

*

遠吠えを三回真似て仲秋の月にむすめは礼をなしたり

杵に操られながらも餅を搗く子を支へむと力む掛け声

2014

もんじや焼き囲むうからの男ども土手にこだわりヘラもて死守す

宿題の朗読きそふ兄いもとレチタティーヴォの掛け合ひめきて

弟が兄の自転車乗りこなし引き離されてゆく親の足

ラケットとダンス練習してをるはわが六歳のテニスの少女

とつつあんまあいいぢやねえかと二本目のアイス食べ始めるむすめなり

背伸びして大きく下ろす小一はエアーポンプと一体化して

サホロ

なんとなくだけどやつぱりリフトには一人で乗ると言ひ出すむすめ

スピードが欲しいと叫び直滑降親を振り向く暇さへもなく

交差してまた離れたり四本のスキーの影を見下ろすリフト

＊

育ちゆく翼は刺激しあひつつ早も飛び去りさうな三人子

2015

ひと月に一歳年をとる如し小五の次男またまた脱皮

丼のうどんが伸びてゆくやうに十三歳は声変はりせり

八丈島

ムロアジの群れ遂に来ず河豚釣つて膨らませては海に戻せり

堤防に針を取られて泣きゐしに地球釣りたる美談となりぬ

おそるおそる夜の森に入り寄りあひて光るキノコを見守りてをり

*

リコーダー吹く姿勢にて瓶ラムネ賞味しをるは浴衣のわが子

頭から虹を生やして鉄橋に娘は立てり七歳の夏

銀河迫り子《オスロブ》も妻もわれも呑み込まんとすれども甚兵衛鮫《ホエールシャーク》の体

子の手取りジンベエの尾に触れさせてわれにウインクするガイドさん

ジンベエの姿は海の色に溶け水平線に白雲の湧く

２０１６

初日の出見終へ兄弟おもむろに遠州灘にいばりのアーチ

豆まきのお菓子を娘仕分けして兄二人はや食ひ始めたり

木蓮の蕾の和毛かがよへり娘の頬にわが手は触れず

ちーなーた。娘がわれに繰り返す「チッなんてこった」の略のことらし

せがまれてセットしたれば歌ひだす卓球台をステージとして

母にしか見せぬ笑顔の増えしこと娘知らずや休暇果てたり

裏切りは女のアクセサリーなのと耳元に来て八歳が言ふ

中学の参観日父は来たれどもどつか行けよとオーラを放つ

マンゴー酵母の泡盛原酒仰ぐなりパパイヤ期入りしたるか娘

ひらきゆく百合の花弁のそれぞれに重ならざれどそれでも家族

2017

ちちのみの父に勧むる不老泉けふこそは熊の肉も召しませ

ウルム☆心すなはち空《ま》☆《スター》心《ど》ラベルが壜に貼られてゐたり

同窓会にて

むすこちやんムスコクンへと名を変へて母から遠くなりゆく息子

中一の娘に頰にキスせよと言ひたる父のその後おそろし

江戸川河口

青柳とふ名もあることを教へやれど「おーいバカガイばつか取れるぜ」

異歯亜綱バカガイ上科バカガイ科バカガイ属とまで呼ばれをり

カニの子がひとつ貝から出てきたり生けるまま生ゴミに出されつ

＊

自部屋付兄妹合同設計図を宿題そつちのけで提出されつ

中学生男子二人を侍らせて足揉ませをる妻と目が合ふ

「ここは今日から女の子の部屋ですからね」扉閉ぢたりおそらく永遠に

VI

山百首

赤岳

かろがろと木立の影の檻抜けて雪にわが新しき足跡

アイゼンの紐締め直す艦隊を組んで迫れる白き峰々

突風を抱き返しつつ宥めつつ攀ぢて広ぐる天空の視野

蒼穹の果ての渚の白波の日本アルプス勢揃ひせり

武奈ヶ岳

稜線はあの辺りらしちりちりちりと樹々のあひだに見ゆる星々

雪押し分け行きたる人のあればこそ　道を外せば腰まで埋まる

だだっ広い雪尾根に道五つ六つやがて一つとなり頂へ

大輪の薔薇ひらきゆき地を覆ふ雲の海より日の昇り来て

ニセコアンヌプリ

柵越えて空へ逃げようスキー板背負ひ斜面《なだり》の雪を蹴りつつ

凍りたる入道雲も純白にむす苔もまた山小屋《ハット》の雪庇

春の雲産みつつ食ぶる戯れを見せてくれたる今日の羊蹄

重力に身体任せてゲレンデへ天辺から雪の山を愛でたり

太平山《おほひらやま》

裏山の道狭まりて先を行く長男隙をうかがふ次男

しっとりとはたしつかりとクマザサの葉につもりゆく弥生のひかり

末の子を撮らむとすれどすばしこしカメラには後ろ姿ばかり

標高一五九・四米

反抗期の子もついてきて鎌倉市最高峰に家族揃ひぬ

ウンタースベルク

赤髭王《バルバロッサ》もカール大帝も眠る山よ溶けゆく雪に脚取られつつ

断崖の雪のベッドに四肢たたむアイベックスをよろこぶわが眼

天地《あめつち》の間《あひ》の楔の十字架をザルツブルクの山にて愛でつ

残忍王《ヴァッツマン》家族ともども岩氷の嶺々となりとほく耀ふ

聖なる丘《デア・ハイリゲ・ベルク》

せせらぎに小鳥の声の加はりてなんでまた我が足音飾る

さざれ石の巌に生ふる樹を見上ぐバイエルンの森の内の蓬萊

アンデックス修道院

前の前の世紀にここに鷗外も同じ金色麦酒《ヘレス》を飲みにしならむ

黒褐色ドッペルボックドゥンケルに豚脛肉塊炙焼《シュヴァイネハクセ》　武骨の美学

象頭山

すぐ近くに鶯鳴けどどこだらうウグイスカグラ花見せたまへ

白雲を仏炎苞《ユキモチソウ》の真ん中に丸めて餡にして収めたり

虎杖を折るにわが指慣れし頃象の頭の天辺に着く

象頭山のこちらとあちら住む側によりて頭の位置違ふらし

ウルル

山を敬ひやまぬ民族の一人としてウルルに受け入れてもらふ日を得つ

朝日差すやウルル血潮を巡らせて赤き大地に生まれなほせり

胸ひろげ空と交はる全視界地平線なるウルル岩上

かつかつと昇りくる日を背負ひ投げ一息にわれ径降りつつ

大姑娘山《ダーグーニャン》

霧雲を飼ふにあらねど霧雲を山の上へと追ふはたのしも

ヤクたちの草むしる音を採譜せりスタッカートにスラーを付けて

道らしき道なくなりて大峰《ダーフォン》はどこをゆけども花踏むばかり

融けてゆく雪の下にも花の見ゆ空の色なるその小さき花

イスタシワトル

まだ山の空気と肌が合はぬらし吸ひ吸ひ吐いて吸ひ吸ひ噎ぶ

襟首のくすぐつたさに振り向けば月が山の端から覗きをり

重力の緩むを覚ゆひさかたの光籠れる狭霧にまみれ

ポポカテペトルにはまたしても登れなかった

メキシコの万年雪にテキーラを撒きて祝せりイスタよポポよ

英彦山

青波の山々天の果たてまで大悲胎蔵英彦《ひこ》の木霊よ

大日の梵字を刻む岩窟をまるごと包みゆく巨木の根

若雉子に申し訳なしおどろきて踠きつつもがきつつ逃げてゆく

空ふかく松蟬の声染みわたり狂ほしきまで滴る若葉

宝満山

風止んでみどり百色騒ぎだす宝満山の六月初め

足元に枯葉の屑が跳ね踊る生れしばかりの蟾蜍あまた

大挙して修験の道を登りゆく指先ほどのわが同志たち

英彦山の胎蔵界をひむがしに不壊金剛の山より望む

石鎚山　お山開き

「お下りさんで」「お上りさんで」ハイタッチするごと山の挨拶交はす

白き綱に白装束の奉持らが連なり蛇と化し竜と成る

石鎚の頂に立ち大法螺のコロラトゥーラを聴きゐたりけり

天狗岳の頂を研ぐ数万年みづの粒子の刃を眺む

愛宕山　千日詣

ぬばたまの夜の愛宕の山道を急くわが脚を木の根が諫む

ひたひたと時間は溶けて参道に浮かんでゐたるはだかでんきう

「おのぼりやーす」「おくだりやーす」愛宕山かけあふ声をともしびとして

山伏の護摩を見納め山頂に火迺要慎の札をもらひぬ

石川岳

ハンミョウの模様を見定めむとしてわれも跳ねつつ山道をゆく

しろがねの糸クズ数多胸に袖に径の蜘蛛の巣すべて破りて

恩納岳をわが視線もて塗り直す地図に登山道の記されぬ山

恩納嶽《うんなだき》あがた　里《さとぅ》が生《ん》まり島　森《むい》ん押《う》し退《ぬ》きてぃ　此方《くがた》なさな

恩納ナビー

キャンプハンセン実弾演習地内なれば最も遠き山恩納岳

本部富士

降らねども大粒の雨の音止まず虫ら慌てて落つる山道

マイマイの大きが岩に挟まりて動けぬままに殻のみ残る

カルストの岩屑捌くわが脚の剣の刃に乗る術得し心地

見下ろせば頭蓋をひらき我武者羅に空を食みをる蘇鉄の雌花

蒙頂山

茶畑を縫ひゆく径の旋律ゆ漏れいづる香を肌に吸ひつつ

茶樹王を過ぎて着きたる玉女峰ここに羽化せし河神の娘

はつなつの蓮の靄のはなびらにわが身を置きて蒙頂の山

嗚咽するやうに鳴き継ぐかなかなを四川の山の懐に聴く

香炉山

嫗ひとりスマホに古歌をかけながら歌垣消えし山の道ゆく

祠にても頂にても燻られつ貴州の山にわが身晒せば

大鍋に狗のぶつ切り唐辛子爬坡節《パーポージエ》の香肉《シャンロウ》にほふ

空に聳ゆる香炉を降りて見上ぐれば弥勒の腹に思へてならぬ

鳥海山

縹から瓶覗へと薄明の色うつりゆくたまゆらあはれ

濡れ濡れとあしたのヌード雲の間ゆ鳥海すがたを現しはじむ

雪渓の上をもがきて息絶えし蜻蛉の脚は乱れたるまま

わたくしの退路はいかにキラキラと雨後の蜘蛛の巣やぶれてありぬ

旭岳

噴煙の根元の孔に目を凝らす間近に見たる地球の速さ

ふかぶかと地上の色を消すごとく苔桃の実は秋を吸ひをり

一等三角点

北海道とふ一輪の真ん中に聳ゆる蕊の尖の瓊多窟《ヌタック》

山頂の風が奪りたるわが帽子崖つ縁の石の上に着地す

高野山

ゆるやかに遡りゆくあまの川狭霧を灯す満天の柿

石膏の鋳型くづれてゆくさまのスローモーション　谷を去る雲

木に垂るるましろき瞳われを捉ふ木通まばゆき結界の道

西行の桜の紅葉陽に透けて町石道を登り終へたり

シントラ

ムーア人の要塞仰ぎつつ登る振り向けば海果てまで蒼し

山頂の門をくぐりて海底へペーナ宮なる珊瑚礁《コーラルリーフ》

頂の城のパティオに噴水の代はりの木生シダの盆栽

大西洋を見渡す鰐のガーゴイルその背が我に座れと誘ふ

硫黄岳

腸詰を焼けばテントに臭ひ充ちぬばたまの夜のけだものわれは

谷風に霧の水彩消えながら爆裂孔の油彩となれり

日本最高所野天風呂

臍に湯を沸かしくれたる八ヶ岳雲上風呂ゆ胸部を眺む

蹲ひて銀竜草と眼を合はすキュクロープスはひつそりと居り

香跡山《フォンティック》

ハノイからバスに揺られ二時間弱、イエンヴィー村でボートに乗り換え

川上に聖地ありとや雑貨売りの小舟に寄りてまた遡る

丸焼きはヤマアラシらしからうじて尻尾の針毛《とげ》の残されてゐて

参道に服も薬も売られをり登りゆけば金ピカの仏具店ばかり

山上の鍾乳洞の襞の奥に歯の列のごと御仏並ぶ

槍ヶ岳

落葉樹の落葉しきり雨に濡れ秋には秋の山の体臭

立ち込むる霧に視界を失へどあたたかきかな雷鳥のこゑ

氷食尖峰槍ヶ岳の穂の屹々と崩れぬ岩の意志を攀ぢたり

雨なればこその語らひ山小屋に次に行く山その次の山

あとがき

遥か遠くにある蜃気楼のようなものだと五十歳という年齢を漠然と思っていたが、いざ近づいてくると焦りと諦めが同時に襲ってきた。知命などほど遠い。だが時間というものは律儀に過ぎてゆく。

二〇一二年から二〇一七年の間に作成した五十歳になるまでの歌をまとめ、一応の区切りをつけることにした。『六調《ろくちょう》』は、『蒼の重力』、『游子』、『惑』に続く私の第四序数歌集となる。これまでの編年体を改め、次の六つの主題ごとに歌をまとめた。

Ⅰ　旅。出会いの連なり。旅の、空間を脱ぎ捨ててゆく感覚も堪らない。

Ⅱ　歌。歌はどのように生まれ、生き継いでゆくのか。うたのある場所を訪ね、皮膚呼吸を試みた。

Ⅲ　酒。親友、時に悪友。酒はまこと不可思議な液体。発酵の歴史は文明の歴史とも聞く。蒸留は魂を昇華させる行為でもある。

Ⅳ　土。武蔵野台地の南端にてボランティア仲間と共に一反の土地を耕している。日曜はこの畑で過ごすことが多い。野菜たちには教えられることばかりだ。

Ⅴ　家。一つの綿雲のようなものであった家族。子どもたちの成長とともに密度が緩み、薄らいでゆくのだろうか。

Ⅵ　山。山はいつでも、その山のやり方で抱擁してくれるのだった。

出版に際しては、六花書林の宇田川寛之氏に大変お世話になった。厚く御礼申し上げる。
また、いつも私の短歌活動を温かく見守ってくださる「短歌人」の皆さん、作品発表の機会を与えてくださった方々、私の我儘をきっといつも許してくれているであろう家族、そして友人たちに感謝の言葉を心から捧げたい。

平成三十一年四月三十日

本多　稜

著者略歴

1967年　静岡県浜松市生まれ
1998年　第９回歌壇賞受賞
1999年　「短歌人」入会、現在編集委員
2003年　第１歌集『蒼の重力』（第48回現代歌人協会賞）刊
2007年　第２歌集『游子』（第13回寺山修司短歌賞）刊
2012年　間奏歌集『こどもたんか』刊
2013年　第３歌集『惑』刊

六　調

2019年７月19日　初版発行

著　者――本多　稜

発行者――宇田川寛之

発行所――六花書林
〒170-0005
東京都豊島区南大塚３－24－10－１A
電話 03-5949-6307
FAX 03-6912-7595

発売――開発社
〒103-0023
東京都中央区日本橋本町１－４－９　ミヤギ日本橋ビル８階
電話 03-5205-0211
FAX 03-5205-2516

印刷――相良整版印刷

製本――仲佐製本

定価はカバーに表示してあります
ISBN978-4-907891-85-5 C0092